田村勝久

詩集 結城を歩き探すもの

文治堂書店

結城を歩き探すもの　目次

I

Ⅲ

表紙・挿画　著者

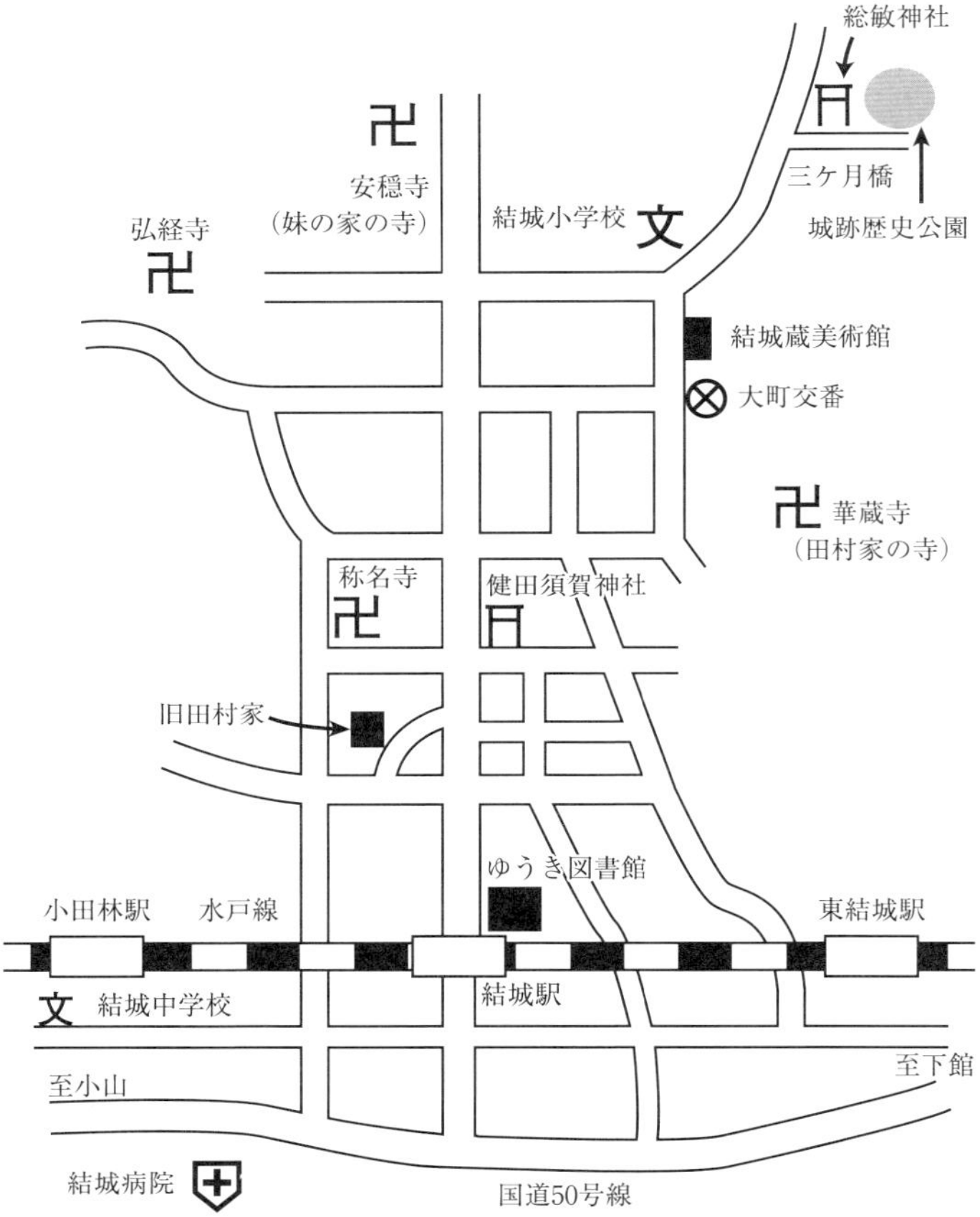

総敏神社
三ケ月橋
城跡歴史公園
安穏寺
（妹の家の寺）
弘経寺
結城小学校
結城蔵美術館
大町交番
華蔵寺
（田村家の寺）
称名寺
健田須賀神社
旧田村家
ゆうき図書館
小田林駅
水戸線
東結城駅
結城中学校
結城駅
至小山
至下館
結城病院
国道50号線

I

手のあるコメット

手のあるコメット飛んで来た
土星の輪っかを盗みにね

空にどんより赤い雲
水星の雨は鉄の雨

大きな大きなジュピターちゃん
縞のシャッツがよく似合う

海王星の沼の魚
一匹三百二十両

火星鳥が現われた
百年ぶりに空に鳴く

天王星では神様が
すごろくやって遊んでた

冥王星のかき氷
甘くて冷たいおいしいよ

金星人が作ってた
ミロのビーナス作ってた

地球じゃ俺が狂ってた
地球じゃ俺が狂ってた

◎ 高2のとき作った。下館一高のガリ刷り紙Ｐｏπ（ポパイ）に掲載した。
旧バージョンでは、金星の八連が、七連目になっていた。
冥王星の八連はこうなっていた。

外れのプルートじゃＤ組の
奴らが新聞作ってた

冥王星プルートと、ポパイのライバル紙ブルートを掛けているが、苦しい。
冥王星は通常の惑星ではなくなったので、この連は省略してもいいような気がする。

時間機械

飛ぶ者は時間の流れの裏側に
無限の機械は作られた
紅色の閃光
波動の中の黒い館
砕けた部屋
翼持つ者は壁を越えていた

白い世界で見るものは
粉をまぶしたアマガエル
宇宙に風が吹いてくる
地球は砂にうずもれる

太った女が滑空し
闇の混沌作ったよ
半分腐った
僕の脳みそ
ばかと言われてあたりまえ

いきあたりばったり歩いて
時間の流れの裏側に
単なる思い付きと
あんがいまともな乱数表が
異境へと導いてくれるとか

おしまいにしようか
——ろくでもない
頭が崩れてしまうようで
水でもかければ

のらくらした意識は
裏の畑で首くくる

裏の畑でポチがなく
正直じいさん掘ったって
地面もやっぱり正直で
泥と石しか出てこないのだよ

割れたお皿が成仏し
後ろの正面作ったよ
一度壊れて
総ては終る
何があっても分からない

時間機械は無限に消えた
時間機械は無限に消えた

白い世界に消えたもの
水に流れた角砂糖
宇宙に雨が降ってきた
地球は水に溶けちゃった

翼持つ者は壁を越えていた
砕けた部屋
波動の中の黒い館
紅色の閃光
無限の機械は作られた
飛ぶ者は時間の流れの裏側に
時間機械は無限に消えた
飛ぶ者は時間の流れの裏側に

視界

長方形の机の表面を昆虫が這う
影　得体の知れぬ黒い溶液の苦さに
　正六面体の砂糖を加える
陰　僕を覚醒させる幻が
　僕を焦心させる幻が　あった
日和見な流動体に
無限の時間吸着される
スプーンは動き続ける
「まだ飽和溶液になりませんか」と
静寂の中で
沈黙の中で　何かが溶解する
（唇を彗星が掠め去っていく）

たっぷりくさった　とりたちが
もうすぐたのしい　おそうしき
ならべてたべてる　おだんごの
みぎからみっつめ　どくだんご
あんまりつまらぬ　まねすると
からだがしずんで　つちのなか

植物性の緑の網が張られた透明なドーム
一円アルミ貨の流星雨に
エネルギーバリアーが破られる
超空間で正面衝突した
巨大な二個のシュークリームを
あなたはどのように理解するのですか?
あなたはどのように否定するのですか?
汚れて剥げ落ちかけた白い壁の前で

軽く笑った少女の顔
爽やかな光線は透明なレンズに
心のきらめきが快く歪み像を結ぶ
まばゆいフラッシュが
大空を反転させるとき
第三惑星の大地は
突然明確なネガを示し与える

豚の体内で　緑の螺旋が燃焼している
「ああ今日も日が暮れた」と
ただ　無念の息をつく
混戦した思考は
さえない空気と腐れ縁に
《だめだ》という叫びが
意識を切断し　再生させようと悪あがく
（秩序と混沌に対する任意の敬意）
コーヒーを飲むのなら湯を沸かすのだ

POINT・B

いくらかの混乱と
いくらかの矛盾を
僕に許可してくれるだろうか
僕の精神の総てを
君に開放できるかもしれない

中途半端な意思表示は
不安を積分しただけで
一歩の前進にならなかった

改めてここに
原点を置くことにしよう

現実と理想の妥協点は
絶対的現在に位置しているのだから

泣くことだって
簡単にできない年になってしまった
時の流れの中に
自由度は消耗されていってしまう

君に無視されることは
——最小の敗北
君に憎悪されることは
——最小の勝利
君を憎悪することは
——最大の敗北
君を無視することは
——不本意ながら最大の勝利

この広すぎるグラウンド
得点は０対０
まだ試合は続いている

君と僕の存在が
偶然の下で消去されないように
神様以外の誰かに祈ろう

POINT・W

僕がろくろで形を作った
歪んだ湯飲み茶碗は
外側と内側が区別できなかった
芸術品ではお茶を飲めないこともある

君は時計の針の回転を気にしていた
ガラス靴の残した
光と角運動量を
万華鏡と走馬燈が奪い合っていた
——灰神楽だけが真実を知っている

僕が旋盤で削り出した
ステンレススチールの飯茶碗は

殺人事件の凶器に使われてしまった
記念品ではお茶を飲めないこともある

分解されなかった最後の糸車
鋭い針に指を刺されて
君は深い眠りに落ちてしまった
総ての活動が停止した城下町は
百年待ち続けた
つむじ風が吹き荒れる復活の朝を
――茨の森だけが伝説を知っている

僕がミキサーで調合した
液体の窯変天目茶碗は
どんぶりに入れておかないと
形が崩れてしまう
試作品ではお茶を飲めないこともある

真っ白なドレスを着た君は
ドワーフたちと輪になって踊っていた
擂り鉢で合成された毒薬は
注射針の先から赤いリンゴの中に
君は人を疑うことを知らない
——雪だるまだけが真実を知っている

空洞

私は自分の胸の空洞を意識する
胸の表面に存在するのは　月のクレーター
杯　洗面器　中華鍋
ボウル　フライパン　シチュー皿
良く似た形のものを集めてみる
候補は他にいくらでもあったはずだ
名付けた者は何を観察していたのだろう
完全な容器の底には絶対に穴など空いていない
その抉れた空間に正式に与えられた名前は
《漏斗胸》
実験器具が持つ竹槍のような先端
何も知らない人間の胸の中央に
ガラスの漏斗は楔のように打ち込まれていた

私は自分の胸の空洞を意識する
両親に連れていかれた国立病院で
もう少しだからとだまされながら
答えを知るためにいろいろな検査を受けた
最後に耳たぶから血液を採取されたとき
私の我慢は限界に達していた
「痛いことしないと言って
だんだん痛いことしやがる
靴かたっぽ脱いでぶつけてやる」
腹を立てた子供は若い看護婦に凄んだ
とりあえずカルシウムの錠剤を取ること
検査の結果　指示されたのはそれだけだった
低学年の小学生が抱えた不安と疑問に
当時の医師は対応してくれなかった

結局　自分で確認するしかないのだ
何かを入れれば　別の何かが出てくる
未知なるものと付き合う方法は他にはない
得体が知れないもの　X
どんな状況でも　不確定要素がつきまとう
バランスが崩れた自分の心に
たいした問題ではないと言い聞かせる
怪しいブラックボックスは黙秘を続けている
何が私に組み込まれてしまったのだろう

私は自分の胸の空洞を意識する
胸の正面に存在するのは　移り変わる世界
時間　灰色の煙　反応溶液
確率　筑波おろし　鬼怒川の水
流れてくるものは総て束ねられ
速度を増して胸板を通り抜けていく

鋭い分析力　名付け親は正しかった
不完全な容器の底には
目に見えない穴があいている
円錐に折った濾紙は指定席に配置される
《漏斗胸》
実験器具が備えた本来の機能
流体に溶け込まない言葉が引き留められ
白いフィルターには黒い文字の沈澱が分離される

私は自分の胸の空洞を意識する
迷いながら診察を受けた大学病院で
かなり疲れた三十歳の男は
凹面を凸面に変えるための手術を受けた
正気とは思えない大胆さ
担当の外科医は患者の胸を左右に開き
パラボラアンテナのような肋骨を切り離すと

百八十度回転させてドームに変化させた
メビウスの帯のように　クラインの壺のように
それは悪趣味な位相幾何学
私の内面と外面は接続されてしまった
派手なマジックだったが効果は地味なもの
担当医はあまり治っていないと本音を言った
教授は心臓が圧迫されなくなったと言って
手術の結果をフォローしようとする
頑固な肋骨はしっかりと記憶していた
その固有の形状に徐々に戻っていくのだろう

物理的に処置しても心の穴は埋められない
縦一本の蚯蚓腫れ　修理された破れ太鼓
マザーグースに歌われた鳥の数は二十四羽
円形に焼かれたもの　π
どんな時刻でも　乱れ打ちの音が鳴り響く

場を支配している空気　乾燥した風
振動する有機物の皮　緊張と緩和の繰り返し
騒々しいブラックバードが集合して
風が吹き続ける渓谷を飛び回っている

私は自分の胸の空洞を意識する
胸の前面に存在するのは　未確認の侵略者
漏斗　洗面台　カルデラ火山
植木鉢　蟻地獄　波動砲発射口
用意できる道具は限られているが
使い方を間違えなければなんとかなりそうだ
敵が名付けた作戦は『ラインの守り』
守りが薄いアルデンヌの森を
機甲師団のように快速で突破しようとする
バルジを撃退して感受性を守ることができるのか

《漏斗胸》

実験器具の組合せの苦し紛れのシステム
鋼鉄の車輪が食い込んでいても
往生際悪く勝とうとし続けるのが私の名前

私は自分の胸の空洞を意識する
時間は残されているのだろうか
物理学の解説書　重力場を示した説明図
歪んだ空間は漏斗のような曲線で描かれている
積み重ねられたもの　G
どんな物体でも　一方通行で落下していく
ずっしりと重たい自然なゲーム
最後の最後を見届けるのがデザイナーの役目
回転するブラックホールが地雷のように
緑のフィールドのあちこちに埋まっている

大田原さんの死

「あげるよ」
教頭は使っていた黒い腕カバーを外した
私は少し戸惑いながら受け取った
彼は博物館建設班長に任命されて
急遽異動することになったのだ
私は普通科の物理と化学の他に
教頭が担当していた
家政科の地学を引き継ぐことになった

その日は油断していた
理科の授業は
生徒のほうが特別教室に移動してくる
チャイムはまだ鳴っていなかった

最初に入ってきたのは
大田原さんともう一人だった
「何をしているんですか
お行儀が悪い」
実験台の上に腰掛けていた私は
小柄な気の強そうな少女に
叱られてしまった

地学は地球と宇宙を探究する壮大な科目だが
大学入試にあまり使われないこともあって
教える高校は減っていた
この学校でも普通科のカリキュラムからは
すでに消えていた
家政科でもこの学年が最後になるだろう

その道の権威から

専門外の新米の教師へ
その穴は埋められない
まるまる地層にぺけぺけ地層
口に出すのも恥ずかしい
ハート模様の地層
高校で教わったU先生を思い出しながら
私は地道に授業を組み立てるしかなかった

新しい年になっていた
悪い知らせは
職員室から理科準備室に伝わってきた
前日の夜
浴室で倒れた大田原さんは
そのまま息を引き取ったのだ

その夜

私は眠れなかった
たまたま部屋にあったのは
ディケンズとドストエフスキー
頭に入らない文章を交互に読み続けた

翌朝の職員会議
沈んだ空気の中で
担任が報告していた
脳波に異常が見つかっていた大田原さんは
近くの病院に通っていたのだが……

私の身体は厚い地層に閉じ込められた
マントルが対流し
分裂した大陸がゆっくりと移動する
巨大な隕石が地球に衝突し
恐竜たちが絶滅した

遠い銀河の中心から声が聞こえた
宇宙服姿の大田原さんは
モノリスの前に立っていた

私は近くの病院に運ばれていた
職員室で椅子ごと真後ろに倒れたのだ
付き添ってきたベテランの養護教諭が
大田原さんが世話になったと
医師にお礼を言っていた
（その前に何か言うことがあるだろう
何でこんな藪医者に連れてきたんだ）
声には出さなかったが
沸きあがる怒りが
私の意識をはっきりさせた

後頭部に大きな瘤ができていた

私は数日入院することになった
脳波をとったが異常はなかった
（正確には……）
脳波をとったが異常はないと医師が言った
（要するに……）
脳波をとったが医師は異常を発見できなかった
（藪医者なのであまり信用できない）

ひとり少なくなった教室
ここも沈んでいた
私はかなり情緒不安定
一応理科の教師だったから
大田原さんの見送りに行ってきたなんて
生徒には言えなかった

どんなに絶望することがあっても

私は死ぬことはできない
そんなことをしたら怒られてしまう
そこは地学では説明できない空間
「何をしてるんですか」
紺の制服の少女は閻魔大王の隣に座っている

壊れるということ

壊れながら生きていく
生きながら壊れていく

少しずつ少しずつ壊れていく
どんどんどんどん壊れていく

壊れることを恐れながら生きる
生きることを恐れながら壊れる

生まれる前から壊れ始める
死んだあとでも壊れ続ける

一ヶ所壊れただけで動かなくなる
全部壊れていてもまだ止まらない

「ごめん　僕は壊れてしまった」
「大丈夫だよ　私も壊れたから」

機械として壊れた人間は
スクラップにされ忘れられる

生物として壊れた人間は
次のシステムを作ろうとする

祈りの前にすること

家のお寺は臨済宗だから……

臨済宗と言えば沢庵和尚
心が沈んだときには
塩辛い大根をかじって
とりあえず
気分を変えるのだ

妹が嫁に行った家のお寺には
源翁和尚の墓がある
あちらのほうは
どんな障壁が立ち塞がっても
巨大なハンマーで打ち砕くのだ

家のお寺は臨済宗だから……

臨済宗といえば一休さん
どんなピンチの時でも
怖れることはない
ゆっくり考えて
知恵と勇気で乗り切るのだ

何か忘れているような気がする
仏様が出てくるのは
お葬式のときだけ
そういうことで
無情御破算

第二次結城合戦

天下分け目の関ヶ原
小早川秀秋は裏切らなかった
いや　やはり裏切ったのだ
家康の方を

吉川広家は足止めを断念し
毛利の軍が動き出し山を降りてくる
混乱する徳川本陣
数だけは揃えていたが
そこに精鋭の部隊はいなかった
敵中突破してきた島津の軍勢が
家康を捕えとどめを刺した
東軍の先鋒に集中攻撃されていた石田三成は

腹心島左近とともに決戦を生き延びた

先鋒の部隊を指揮していた家康の四男忠吉は
東から西へと戦いの流れが変わるなか
関ヶ原で命を落とした

上田で真田の軍に足止めされたため
精鋭の部隊とともに決戦に遅参した三男秀忠は
合戦敗北の知らせを受けて中仙道を退却した
上田で再び真田の軍が待ち受ける
兵糧が尽きた秀忠の軍は
そこで永久に足止めされることになった

家康に疎まれていた六男忠輝は
徳川家を継ぐことを拒否して北へ向かい
伊達政宗と行動を共にした

とりあえず
病弱な五男信吉が徳川家の後継者となった
もう一人男であれば九男となる子が
生まれることになっていた

東軍の指揮は
家康の次男結城秀康がとることになった
関ヶ原で破れた徳川家よりも
百六十年前の結城合戦
室町幕府と戦った結城家の力が
今こそ必要とされていた

平和な時代を想定して家康が築いた城
江戸城はまだまだ未完成だった
秀康は江戸城を放棄して
結城の守りを固めることにした

徳川家も信吉の領地甲斐に本拠を移した

東軍から攻勢を掛ける戦力はない
秀吉の養子になっていたこともあり
結城秀康と豊臣秀頼の関係は悪くなかった
籠城して和睦の機会を待つことになるだろう

関ヶ原に勝利した石田三成は自信を深め
独裁者になろうとしていた
大阪城から淀君を追放し
豊臣秀頼を自由に操れるようになったのだ

秀頼の命令で関東に向かう軍が集められた
ただ一人家康を討ち取った島津だけが
恩賞が少ないと言う理由で出陣を拒み
薩摩に籠もった

西軍は江戸を無視して鎌倉から結城に向かった

結城城はそれほど大きな城ではない
多数の寺社が存在する城下町のほうが
要塞であり巨大な城となっていた
大砲のような武器も使われるようになった時代
小さな城に籠もることは不利になる
秀康は町全体を城として使うことにし
称名寺に本陣を置いた

弘経寺方面から町に侵入しようとした西軍は
頑強な抵抗に合い撃退された
三成は安全策に切り替え町全体を包囲させた
いくつかの寺が破壊されたが
その瓦礫も地の利を得るものの
守りの拠点となった

戦いは膠着し一ヶ月が過ぎた

「島津の動きが気になる　後は任せた」
秀頼と島左近を残して
自分の権力を固めるため
三成は西へ帰っていった

秀頼は結城を包囲する軍の陣地を
一つずつ回っていた
味方の士気を高めるために
三成から前線に出ることを求められていたのだ

林の中から大きな叫びが聞こえた
そこから少し離れた場所から
一本の矢が放たれ秀頼の体を掠めた
護衛の兵が追跡のために林に入る

秀頼と数人の雑兵だけが残された

護衛の兵はなかなか戻ってこなかった
林の中から弓を構えた二十人くらいの男が現れた
秀頼達は動くことができない
「ご無事で何よりです
我ら結城軍の兵は
秀康様から敵の大将を射るように
命じられています
ただ一人秀頼様を除いて」
一人の男が引っ立てられている
「この者土地のものではありません
行き止まりの方向に逃げようとしていました
それにこの立派な弓
我らには手が届かないものです
そちらでお調べください」

弓と共に男の身柄を渡すと
結城の狙撃兵達は林の中に消えていった

本陣に戻った秀頼は事件を説明する
捕えられた男の顔を見て島左近は愕然とする
弓の名人として知られた男だった
「もはやこれまで」
三成の背信行為に忠臣は自由を得る
左近は自分の考えで行動することにした

いくら待っても
期待していた知らせは届かなかった
秀頼は和睦を考えているようだが
そんなことをされたら
ほぼ手中にした天下が逃げてしまう
失敗したのなら次の手を打たなければならない

三成は結城に向かうことにした

少し待たされてから三成は本陣に入った
秀頼と島左近がいた
その間に立っているのは
追放したはずの淀君ではないか
「どういうことだ」
「あの者に覚えはないか
自分が失った名誉を取り戻したいと言っている」
淀君が指差した方向を見ると
弓を構えた男の姿があった
放たれた矢は三成の首を貫いた
（あの時の矢は外れたのではない
当たることが許されなかったのだ）
結果に満足した弓の名人は
その場で切腹して果てた

戦いを続けようとするものはいなかった
秀頼と秀康の和睦は成り
秀康は征夷大将軍となり結城に幕府を開いた
しかし
家康の六男忠輝は島津と手を結び
伊達政宗と共に天下を狙っている

思い出した名前・2

ゆうき図書館三階のギャラリー
『さすらいの少女』の隣には
新川先生が現代語訳した
『竹取物語』が並んでいた
本を開いて目次を見ると
『堤中納言物語』の
『毛虫のお姫様』が収録されている
虫の研究のためならば
自ら自分の手を汚すことも厭わない
元気なお姫様の物語

『虫を愛でる姫君』は宮崎駿自ら
『風の谷のナウシカ』の

原典のひとつと記している
偶然ではないのかもしれない
ホメロスの叙事詩『オデッセイア』に
『ナウシカ』というお姫様が登場するのだが
そんなことは重要でない
私は気付いていた
『ナウシカ』が『シンカワ』の
アナグラムだということに

SHINKAWA
NAWSHIKA

金色の稲穂と王蟲の触手
アニメ『風の谷のナウシカ』は
『私を束ねないで』のオマージュではないのか
疑問を持った私は二階に下りて

宮崎駿関係の本を調べ始める

彼も覚えているはずだ
ヴェルディ川崎のような生きる大地に
横浜マリノスのような深遠な海に
浦和レッドダイヤモンズのような灼熱の炎に
詩人新川和江はアウェイの戦いを挑んだのだ

閉館時間が来た
とっとと家にお帰りと
『魔女の宅急便』の音楽が鳴り響く
ここは風のホームスタジアム
結城市立ゆうき図書館

アトムの足音

逃げるにしても
追いかけるにしても
走ることは役に立つ
今　私は走れない
だから捕まえられない
だから捕まってしまう

病室の窓の外を東北新幹線が走る
いろいろな電車が走る
あるものは途中で分離して
山形と盛岡八戸まで走る
秋田と盛岡八戸まで走るものもある
盛岡止まりのものもある

那須塩原止まりのものもある
上りは東京まで走る
みんな芋虫のようだ
空を飛ぶものは親子ではない
商売敵だ

車椅子で移動する
杖を使って歩く
何にもつかまらずにぎこちなく歩く
リハビリは続いた

小児科のＣＴに検査に行くことになった
かなり遠いので車椅子で行った
薄葉さんが押してくれた
アンパンマンやドラえもんの
絵本やビデオが置いてあった

クレーンゲームの鉄腕アトムや
ウランちゃんの人形が
何組か壁に貼ってあった
奇妙な音波とＢＧＭの沖縄風の音楽を
二十分ぐらい聞いて検査は終わった
私は製造されたばかりの
鉄腕アトムのような気持ちになって
上半身をゆっくりと起こした

窓の外を新幹線が走る
私はテレビの鉄腕アトムで
テレポートして次々と電車を襲う怪物が
出てきた話を見たことを思い出した
怪物は砂糖が苦手なので
明治製菓も協力してお菓子を集めたという
そのナレーションは

再放送のとき消されていた

一歩踏み出すごとに
アトムの足音を意識した
スイッ　スポッ　スイッ　スポッ
こんな感じだろうか
リハビリをしても
私は空を飛んで
ジェット旅客機に向かって
手を振ることはできないのだが

◎　二〇〇九年十一月。私は脳出血で左半身が麻痺し、栃木の自治医大病院に運ばれた。
　一ヶ月後、リハビリのため結城病院に転院した。病室にワープロを持ち込み、最初に書いたのが、『ミステリー作家新川和江最大の事件』という怪作だった。

　三ヶ月後に退院するまで、通常の三倍の速度で詩を書きとばした。

　後で紙束を詩集にまとめるのに苦労した。

下館一高の昼

普通科二年Ｂ組の教室
今は昼休みだ
弁当を食べ終えていない奴がいる
「のそのそ食ってると
食ってるそばから糞になっちまうぞ」
田口信が言った

四人が回り将棋をやっていた
メンバーは　川俣　鷹松　杵島　山川だ
何だか異様に盛り上がっているようだ
山川博は髪のことで友人に何か言われていた
その長髪はむさくるしかった
髭も伸ばしている

「昔の哲学者はこんな髪をしていたじゃないか」
と反論して
あれはかつらだったのだと馬鹿にされていた

僕はノートの隅に
いつものキャラクターを落書きしていた
安達京子さんとおしゃべりしていた中丸さんが
それに気付いて話しかけてきた
「田村君　漫画家になるの」
確かに話を作るのは好きだったが
絵のほうはちょっと難しそうだ
真面目に考えてしまった僕は
何も答えられなかった

繭の中から

僕はリザードンと旅に出ることにした
リザードンはトカゲ人間だ
兄弟姉妹がたくさんいる
彼は上から二十三人目で下に十七人いるそうだ
お嫁さんをもらいたいが
平凡なトカゲ人間は物足りないと言っている
だから繭人間を捜しに行くのだ
僕は普通の人間らしい
海岸に流れ着いたところを見つけられた
とりあえずヒトノコと呼ばれたが
それがいつのまにか正式な僕の名前になった
リザードンの兄弟姉妹と一緒に育てられてきた
普通の人間は非常に珍しいので

繭人間を探さないと結婚相手が見つからない
東の大陸にもうすぐ
繭人間達が来るという情報があった
ぐずぐずしてはいられない

昔は普通の人間だけがたくさんいたらしい
リユウグウノオトヒメノタマテテバコノキや
シタキリスズメバチノオオキナツヅラ
といった生物が現れ
ヒト以外の動物の進化を大きく加速させた
いろいろな種類の人間が現れた
瓜人間や繭人間が人種をシャッフルし
繁殖力の差も手伝って
普通の人間はほとんどいなくなっていた
良く解からないが
環境の危機から地球は救われたらしい

そういうことならこれで良かったのかもしれない

リザードンと僕は小さな船に乗って海に出た
途中危険なことや血生臭いことや
運を天に任せることが何度もあったが
どうにか切り抜けることができた
普段は祈らない僕だが
こういうときには神様に感謝した
普通の人間の神様はあまり信用できないので
もちろんトカゲの神様に祈った
リザードンは結構楽しんでいたが
それが冒険というものなら
僕は何も起こらないほうがいい
船はぼろぼろになりながら東の大陸に着いた

海岸には……

トラ人間　ヘビ人間　イノシシ人間
ウサギ人間　ラクダ人間　コウモリ人間
……などがカップルでいた
「いいなあ」
リザードンが言った
トカゲ人間は幸せそうだ
抱き合ってキスをしている
ネズミ人間は三組もいた
「急ごう　イベントが終わってしまうよ」
僕はリザードンを奥地に急がせた

最初に見つけた繭は切り開かれていて
中にはもう何もなかった
二十八個目までは空だった
二十九個目でようやく
中が詰まった奇麗な繭が見付かった

「中はトカゲ人間の奇麗な御姫様だよ　きっと」
リザードンは願いを込めて言った
「違うよ　そんなに奇麗じゃなくてもいいけど
普通の人間の女の子だよ」
僕は反論した
開けてみればいいのだ
リザードンがサーベルを使って繭を切り開いた
中から出てきたのは
カエル人間の仮の姿をした繭人間だった
「ガロロですよろしく　どちらが私の相手かしら」
カエル人間は二人を見比べた
「トカゲ人間でもカエル人間でも
そんなに違わないや
僕はお嫁さんになってもらうぞ」
リザードンは大喜びだ
繭が開けられる前は

ジャンケンで決めてもらおうと思っていたけれど
カエル人間には抵抗があったので
リザードンに譲ることにした

リザードンとガロロはキスをした
これで婚約が成立したのだ
リザードンはカエル人間に変身した
藺人間の仮の種族と利用者の種族が同じ場合は
婚約のキスをしても何も変わらない
そのまま婚約成立となる
藺人間の仮の種族と利用者の種族が異なる場合は
婚約のキスをすると一方が変身して
二人とも同じ種族になる
どちらが変身するか　確率は五分五分だ
元の姿を失った方は
代償としてルックスや能力が

一段階レベルアップする
「ああっ」
僕は大きな声を出した
リザードンの胸に哺乳類のような
大きなオッパイがくっついていたのだ
「僕は女になってしまったのか
これからどうしたらいいんだ」
ということは　ガロロも男だったのだ
繭人間と利用者が男と女だった場合
婚約のキスをしても二人の性別は変わらない
男と男　女と女が
婚約のキスをしても別にかまわない
その場合は一方の性別が変わって
男女のカップルになる
どちらの性別が変わるか　確率は五分五分だ
この場合も自分の性を失った方は

代償としてルックスや能力が
一段階レベルアップする
通常トカゲ人間やカエル人間は
豊かな胸は持っていない
リザードンは種族の変更で一段階
性別の変更で一段階レベルアップした
合計二段階もレベルアップしたのだ
その影響で胸が進化したのだろう
「君は男だって言わなかったじゃないか」
美しいリザードンは怒っていた
「もう一組で婚約グループが締め切りになるので
焦っていたのです」
答えるガロロは
レベルアップしていないので地味だった
イベントは終わった
どうやら僕はアウトらしい

僕は二人を後に残して更に奥地へ進んだ
普通の人間と出会った
美しい女の子だ
どうやら繭人間の仮の姿らしい
種族維持グループとして残され
自分で繭を破って出てきたらしい
「こんにちは　私の名前はガーラ
あら　普通の人間もいたんですね
会えて良かったわ　でも婚約はできないの
私達も種族を維持しないといけないから
交尾して　卵を生んで死ぬ
あとはそれだけの命よ」
「こんにちは　ガーラ
僕も会えて良かった
僕はヒトノコと言います」
「これに懲りずにまた繭人間を探してね

そうだ　この先に私が出てきた繭があるわ
自分で食い破ったからあまり傷んでないわ
お店で高く売れるわよ
他にも同じようなものが何個か見付かるはずよ
じゃ　さようなら　ヒトノコ」
「さようなら　ガーラ」
もっと何か言いたかったけど言えなかった
僕は一目惚れしてしまった
しかし　キスすることは許されないのだ
僕達は握手をして別れた
蛾に変身した種族維持グループのメンバーが
森のあちこちから舞い上がっていく
遠く離れた次の繁殖地に行くのだ

僕は八個の傷んでいない空の繭を見付けた
港のお店で高く売れた

その儲けで新しい船を買った
リザードンと僕の家まで帰ることにした
もちろんリザードンとガロロも乗せてあげた
帰りも血生臭いことと危険なこと
運を天に任せることがあった
しかし　二段階もレベルアップした
リザードンは無敵だった
本当に凛々しい
旅の疲れだろうか
僕は船の中で気持ちが悪くなった
数日間　高熱を出して寝込んだ
ガロロが看病をしてくれた
僕はうわ言で
繰り返しガーラの名前を呼んでいたらしい
僕達は家に戻った
今度の船はとても頑丈だった

僕は盛大な結婚式が行なわれると
思っていたのだが
そうではなかった
お父さんが迎えに来ていた
「お帰り　ヒトノコ
リザードンがカエル人間になってびっくりしたよ
それに立派な乳房まで付いている
結婚式は母さんのお産が終わってからだ」
また弟か妹が生まれるみたいだ
繭を売ったお金はまだ残っていた
僕は思い切って部屋を借りた
お父さんの許しを得て
一人暮しをすることにした
独立して仕事を捜そうと思った
リザードンは僕から船を借りて

兄弟の数人とともに海賊をしに行ってしまった
残されたガロロは数日待っていたが
ある日　蛾人間になってどこかへ行ってしまった
宝をいっぱい奪って
リザードンと兄弟達は帰ってきた
船主の僕にも分け前をくれると言う
僕はガロロがいなくなったことを
リザードンに告げた
「せっかくお土産を持って帰ってきたのに
辛抱の足りない奴だな
まあいい
次は南の大陸に瓜人間でも捜しに行くか」
リザードンは少し寂しそうに見えた
瓜人間のシステムは繭人間とほぼ同じだ
植物起源なので瓜人間は少し無口だ
だから繭人間ほど人気がない

無口がいいと言う人もいるのだが

ある日　ガロロとは色の違う蛾人間が
僕を訪ねてきた
「こんにちは　ヒトノコ　私です　ガーラです
私にキスをして婚約を成立させてください
大丈夫　この場合あなたが
蛾人間になることはありません」
僕がキスするとガーラは普通の人間の姿になった
元からそうだったが　かなり奇麗になっている
ガーラが蛾人間になったときは
レベルアップはなかったが
普通の人間に戻ったのはキスした後だったので
一段階レベルアップできたようだ
僕も一段階レベルアップして
たくましくなっていた

今まで気が付かなかったが
僕は胸がペッタンコな女の子だったのだ
ガーラの方が男にならなくて本当に良かった
僕はトカゲの神様に感謝した
「どうしてここに来られたんですか」
「ガロロがここを教えてくれたのよ
それに婚約の枠まで譲ってくれたわ」
ガーラは繁殖地に行ったが
誰とも交尾したい気分になれなかった
そのときガロロが来てくれたのだ
ガロロは人間と婚約する権利を
ガーラに譲りたいと申し出た
繁殖グループのメンバーは
たまたま女性が多くなっていた
そういう事情もあって
ガーラが婚約グループになることは許可された

「ガロロは交尾し女性に卵を生ませたわ
だからもう　長くはないと思うの」
僕はトカゲの神様に祈ることしかできなかった

ところが数日後にガロロが戻ってきた
一応蛾人間に変身したのは婚約の後だったので
一段階レベルアップしたようだ
それで寿命が伸びのだ
繁殖の義務を果たせば後は自由だ
「おめでとう　ヒトノコ　おめでとう　ガーラ」
僕達を祝福すると
ガロロはリザードンを捜しに飛んで行った
リザードンは僕の船で
再び海賊をしに出掛けていた
「リザードン　もう一度婚約してくれるかしら」
「トカゲの神様に祈るしかないな」

「繭蛾の神様にも祈っておきましょう」
「カエルの神様も忘れちゃいけないな」
人間の神様のことは完全に忘れていた
蛾人間と利用者がキスをすると
二人とも利用者の種族になる
蛾人間はあくまでも
繭人間の繁殖のための種族だからだ
ガロロはもう一段階レベルアップできる
二段階レベルアップすれば
リザードンに対抗できるだろう
少なくともいい副官にはなれる
ガロロには頑張ってもらいたい
他の蛾人間に卵を生ませたことは内緒だ

こんなのしか書けないぞ

私は脳出血で倒れた
遠くからささやく声が聞こえた
「そうそうそうそう」
「そうそうそうそう」

飯島先生は地味な人だ
結城病院のリハビリの担当者は
美男美女がそろっている
そうでない人もインパクトのある顔をしている
しかし飯島先生は地味である
おそらく何か特別な能力を持っているのだろう
彼の裏の顔は絶対に秘密なのだ
この新結城城に危機が迫ったとき

ヘラクレスとカシオペアとペガサスが
合体するだろう
今後も結城市の平和のために頑張ってください

酒寄先生はインパクトのある方の一人だ
初めから私の固定観念を覆した
リハビリの先生は健康だと思っていた
彼は結城病院に入院した
一週間で復帰したがおそらく偽装だろう
彼は仕事をする振りをして
魔術療法のリハビリを受けているのだ
このお城の建物の地下室で
毎晩十六匹の幽霊が闘っている
その帰趨が彼の呪いを解く鍵になるだろう
酒寄先生がいない間穴を埋めてくれた坂野先生は

姿が見えないと思ったら新婚旅行に行ったようだ
言語療法によって
減らず口の叩き方は上手くなった
斎藤真理子先生は
私がまともな詩が書けないことを
『良く知っている』

註　ヘラクレス、カシオペア、ペガサスはリハビリ装置の商品名。ヘラクレスは腕を鍛え、カシオペア、ペガサスは足を鍛える。

Ⅱ

酸素は足りているのか

赤いパレードが進む
どこで発生したのかは分からない
日本列島を縦断していく
市町村を山火事のように侵略していく

行列のリーダーは
赤城茜と名乗った
「あなたは怒っているのですか」
「初代が仲間を集めたとき
その感情はあったかもしれません
しかし行列が動き始めると
怒りは浄化されました
私は七代目です

引き継いだのは勢いだけ
全ては運動エネルギーに変わっています」

先頭のリンゴの馬車の山車は
発光ダイオードで輝いている
ハートのクィーンが乗っている
リンゴ娘達が取り巻く
赤いコスチュームはドレスから着物へ
レオタードからビキニへ
ナイフで剥いたリンゴの皮のように変化する
両手に果実を持って踊り続ける

『止まれ』の赤が
『急げ』の赤に変わったとき
消防車のようなトマト輸送車が現れる
赤いサッカーのユニフォーム

今日のゲームが始まった
ひたすら完熟したトマトをぶつけあう
みんな華麗な足技を使っている
血のような液体が流れる

イチゴのお城が現れる
回りにはイチゴの髪型をした
白いドレスの女たち
その相手をする黒いタキシードの男達は
赤いバラやチューリップを胸に差している
ショートケーキとチョコレートケーキが
踊りながらペアを作る
パレードが通過する半年前から
人々はダンスを練習しているという
カレンダーは真赤に染められて連休になる

翼を広げた赤いドラゴンは
ニンジンの化身ということになっているらしい
口から五メートルの炎を吐いている
赤い鎧の騎馬軍団が行進している
指揮をするのはダイヤのキング
ジュリアス・シーザーということらしい
ニンジンの弓矢とニンジンの槍で武装している
この兵力で本気で世界を征服するつもりだ
こちらの領域に敵を引き込めば
絶対に負けることはないのだ

赤は増殖する
新しい山車が登場した
真鯛の赤　蝦と蟹の赤
アキアカネの赤　紅葉の赤
達磨の赤　鳥居の赤

日の出の太陽の赤　沈む夕陽の赤
錆びた鉄の赤　ルビーとガーネットの赤
火星の大地の赤　琴座のベガの赤
蠍座の心臓の赤　火の鳥の赤
さまざまな赤が続く
日本列島は燃え続ける

しかし赤はどこまでも現実の色
夢を夢として提示することはない
有限はどこまでも有限なのだ
燃え続ける赤は
確実に酸素を消費して
二酸化炭素を排出する
赤は効率を重視する
束の間の時間に許された実験
無限に神の助けを借りるつもりはない

これは絶対に祭りではないのだ

パレードが始まってから
十年になろうとしていた
赤城茜は十五代目になっていた
「重大な発表があるということですが」
「きっちり十年で
私達は赤をこの世界に返還します
初代が始めたときから決めていたことです
惰性だけではこのイベントを続けられません
ご支援ありがとうございました
赤のエネルギーは不滅です」
彼女は落ち着いた声で答えた

その日　赤は燃え尽きたように消滅した
誰もが納得したわけではない

勢いが止められないパレードは
白　青　黄　緑　黒などに分裂した
その中には赤を模倣したものも存在したが
それは全てを統べるあの赤ではなかった

とりあえずあの赤は見当たらない
赤は消えるはずがないのだから
どこにも確認できないということは
全ての場所に隠れているということなのだ
今日も赤い血液の中を
ヘモグロビンが酸素を運ぶ
やがて誰も予想しなかった場所から
赤の遺伝子を受け継ぐものが生まれる

その時私はブック・オフにいた

日立に越してきてから約半年になる
自宅のある台原町から坂を下りる
十分ぐらい歩くと国道六号線に出る
常陸多賀駅方面に曲がって
三十分ぐらい左側の歩道を歩く
そこにブック・オフの日立店がある

脳出血で左半身が動かなくなり
入院したのは一年四ヶ月前のことだ
私は徐々に回復して
どうにかまともに歩けるようになっていた
少し長めの散歩コースだ
やはり歩かなくてはだめだ

私はブック・オフの店内に入る
最初に確認するのは百五円の文庫の棚だ
そのあと高い方の文庫の棚も見る
そこにも欲しい本が何冊かあったが
半額セールをする日曜日に買えばよい
もう一度百五円の棚のほうに戻り
買うことに決めた二冊を手に取った

そのとき振動が始まった
本棚の間にいては危険だ
レジ前の入口のところに移動した
揺れはなかなか収まらない
まだのんきに奥で本を見ている人もいる
店員が外に出た方がいいと言っている
レジの端に積まれた未整理の在庫の横に
買うつもりだった文庫本を置く

私はちょっと早めに歩いて出口に向かう

店外に出るとすぐに
大地の揺れは最大になった
店の前で一緒に出てきた女性客が倒れた
私は無理に頑張らないで
倒れる前に座ることにした
そのまま地震が終わるのを待った
「大丈夫ですか」
女性の店員が声を掛けてくれた
つかまるところがないので慎重に立ち上がる
「この状態では今日は営業できませんね」
男性の店員が言っている
店の奥を見るとたくさんの本が落ちている

長く激しい振動だった

思い返せばＰ波とＳ波の区別がつく
震源地はかなり遠くにあるようだ
東京か　新潟か　東北か
そこは恐ろしいことになっているだろう
家に電話をしようとして
携帯を家に置いてきたことに気が付いた
とにかく両親がいる家に帰らなければ

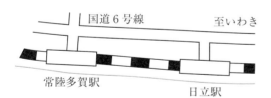

国道六号線を大甕《おおみか》駅方面に戻る
路上の車はゆっくりと動いている
停電で信号が消えているようだ
幸いなことに私は横断する必要がない
ブロック塀が崩れて歩きにくい歩道がある
屋根瓦が落ちている家もある
門柱の石がパズルのように動いて
変な形になっているところがある

早目に六号線を離れて
少し高いところに行く
津波のことが少し頭にあった
高いところの家は全く壊れていない
地盤がしっかりしているのだろうか
家の前に近くに住む妹の
ピンクの自家用車があった
自宅に損害はなかった
本立てがいくつか倒れただけだった

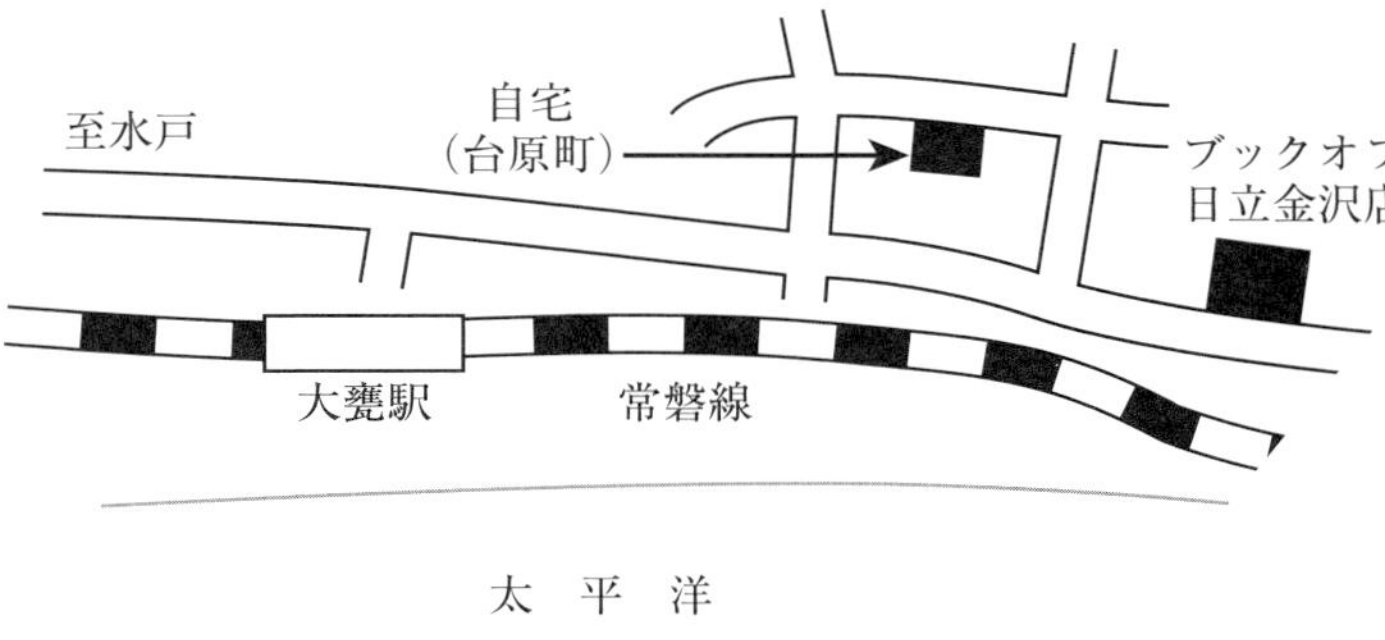

眠れないとき

生まれたときから
ずっと落ち続けている
とても高いところから
真っ逆さまに
気が遠くなるような
深いところまで

不器用な私は
眠りにつく方法を知らない
心が揺れ動く私に
規則正しい生活はできない
今夜もまた苦しみが始まる

羊を数えて
眠れるとは思わない
黒猫を数えて
起きていた方がましだ

最近夢を見ていない
悪夢が私を
取り込んでしまったから

無になれば
とりあえず落下は止まる
重力も消える
それに気が付くのは
いつも眠った後だ

セットアップ

赤の女王は気紛れで我が儘だ
建設的なことは何もできない
いつも王座にふんぞり返っている
ついに独裁者は宮殿から追放される
階段で転がって坂道を落ちていく
どんどん加速していつの間にか
ジェットコースターに乗っている
赤の女王は権力に未練はない
自由に扱き使えるメイドが欲しい

黒の騎士は無敵の複葉機に乗る
鴉のように荒々しく空を飛ぶ
神経がピリピリと張り詰めていて

近付くものは皆撃墜されてしまう
操縦桿をぐいと引いて宙返りする
引っ繰り返ったまま地球は戻らない
眠るために地上に戻るのは面倒だ
黒の騎士は副操縦士を求めている
揺り籠のように愛機を操ってくれ

黄の商人は稼ぐことは得意だが
金をどう使っていいのか分からない
あえて無謀なプランに投資をしても
奇跡的に成功して財産が増えていく
このままではこの世の富を独占し
国の経済を破綻させてしまうだろう
金は循環しなくては意味がない
黄の商人は財産を浪費してくれる
気前の良い花嫁と結婚しようと思う

青の僧正の正体は大きな印度象だ
踏み潰されたものは祝福を受ける
誰も蹂躙を止めることはできない
滅びの宗教はあまり人気がない
営業努力で勧誘はまあ順調だが
信者は半年後にはこの世にいない
親しい友人は全員不信心な異教徒だ
青の僧正は巫女を募集している
売店でお札や御神籤を売る仕事だ

白の教授が取り仕切っているのは
ダムの建設現場のように見えるが
伝説にも残っていない都市の遺跡だ
特注された大型の発掘機械は
手作業の繊細さを持っている
十年かけても世界の謎は解けない

自分の限界は良く知っている
白の教授は手際の悪さを反省し
名探偵のような賢者を探している

銀のディラーが待ち受けている
緑の少女が向かいの椅子に座る
テーブルに金色のコインを一枚置く
百八枚のカードがシャッフルされる
運命の五枚のカードが選ばれた
（最初はどこに行こうか……）
緑の少女は冷静に手札を確認する
銀のディラーは微笑むだけだ
五枚の異なる色の扉が並んでいる

さっさと食べてしまえばいいのに

歩道をこちらに来て
擦れ違おうとする自転車
ちょっと動きがおかしい
どうかしたのだろうか
良く見ると運転する老人は
右手に
三角のお握りを持っている

茨城発　3・11と私の詩

山中和江さんから
茨城詩壇に投稿することを
以前から勧められていた
しかし　私が脳出血で入院したり
結城から日立に引っ越したりして
挑戦は延び延びになっていた
年が改まり　どうにか落ち着いたので
『壊れるということ』という作品を送った

それが　東日本大震災またぎの形になった
三月十三日の茨城文芸のページは休載となり
火曜日の十五日に移されていた
茨城新聞の紙面に採用されたのは

作品を認めてもらえたからだろう
しかし　初投稿で
詩壇前期賞まで貰ってしまったのは
別な理由からだろう
あまりにもタイムリー過ぎた
偶然というものは恐ろしい

全部で八面しかない
三月十五日の朝刊の記事は
私の『壊れるということ』と
完全に一体化していた
『宮城浜辺に一〇〇〇遺体』
『死亡・不明三千五百超』
『福島原発3号機で水素爆発』
被害の全貌は
まだ明らかになっていなかった

私が東日本大震災から
悪魔的なアシストを
受けてしまったということは
まさに悪夢でしかない
あの状況では
ゴールを外す方が難しい

あの日　一緒に詩壇に載った
水戸市の後藤重浩さんは
幸運にもアシストを受けなかった
別な日の別な詩で
詩壇前期賞を受賞した

海を縫う

人間ではない知的な生物から
直接心に伝わってきた声に
私は呼び出されていた
強制された訳ではない
強い好奇心に逆らえなかっただけだ
そこはまだ暗い朝の海だった
イルカだろうかクジラだろうか
期待しながら前方を見つめる

「待たせたな」
海中から跳び出してきたのは
体長二メートルのサンマだった
「こら　大根下ろしを思い浮かべるな

私はヒトの糧になるつもりはない」
サンマは右向きになり空中に停止した
「早速だが　布の縫い方を教えてくれ
生き残るためには技が必要だ」
「一応準備はしてきたけど……」
私は布と針と糸を取り出すと
小学校の家庭科の授業を思い出しながら
不器用に雑巾を縫って見せた
「……こんなことで参考になるのか」
「十分だ　まあ見ていてくれ」

サンマが海に飛び込み
水面を滑るように泳ぎ始めた
サンマは一本の鋭い針に変化する
目玉のところから水の糸を引いている
サンマが波を捕らえて縫っていく

海水に溶けていた物質を組み換え
水の粒子を固定して布に変えていく

青いスカーフが完成した
海から切り取られた
とても薄く軽いスカーフだ

私はボランティアとして
サンマが作った作品を売り捌いた
セールスに苦労はしなかった
商品が完璧だったからだ
スカーフ　暖簾　巾着袋は
土産物屋で高く売れた

やがてサンマは
デザイナーとして覚醒し

スカート　ジャケット
ワンピースなどを作るようになり
私が回る場所はブティクになった

私はサンマの稼ぎには興味がない
売上は別の支援者に渡している
金融関係の人のようだ
サンマの資産の運用は順調のようだ
作業場を警備する支援者もいる
サンマ解放戦線を名乗っていた
そちらの人間にも興味がなかった

私が魅了されているのは
職人としてのサンマだ
私は海を縫う技を盗み
サンマがいないときに

海に跳び込んで試してみた
水は捕らえることができたが
いくら頑張っても私には
雑巾よりまともなものは作れなかった
とても悲しかった

忘れるということ

うっかり忘れるのではない
常に記憶を更新していくのが
現世に生き続ける人々の性

一番大事なことを忘れる
忘れてはいけないことを忘れる
忘れるのが困難なことも忘れる

先人が残したメッセージは
修正され編集され時に晒されて
生者に都合のいい形に収束する

地球に命を与えられた人類は
次々と新しい子孫に入れ替わり
残された記録は劣化していく

伝えておきたい重要な言葉は
耐久性のある物質で造られた
立体の表面に深く刻み付けよう

一切合切のことを忘れる
忘れ続ける日々のことを忘れる
忘れないと誓ったことも忘れる

「あそこにあるオブジェは何?」

「あれは誰かの忘れ物だよ」

「もう一度ここで会いましょう」

運が良ければ呼び戻せる
記念碑に封じられている命が
正しい過去を教えてくれる

母は飛んで行ってしまった

母は何か急いでいた
歩けないはずなのに
父につっこみを入れる暇もなく
妹と私に小言を言う暇もなく
母は目まぐるしく動いて
ずっと先に進んでいく

廊下の手すりも完成し
ヘルパーさんとも契約した
介護ベッドも用意したのだが
すぐに必要がなくなった
妹と私の間をすり抜けて

母はどんどん前に進んでいく

母は意識を失って病院に運ばれた
リハビリの施設に入り
少し落ち着いて回復していたのだが
空きがあった老人ホームに移り
後見人の弁護士さんも頼んだところだった
用意したものはすぐにいらなくなる
母は飛んで行ってしまった

妹も私も
父の葬儀のことも伝えられなかった
母は四人で暮らしたいと言う
父がいないことを理解するのは
母には重過ぎる仕事だ

しかし母は突然飛んで行ってしまった
そんな課題は容易に達成できるところに

◎　母について書いた詩には、他に「正解を見つけるまで」「喪主の短い挨拶」がある。「時間機械」の「太った女」も母のことである。
父については「喪主の長い挨拶」を入れようと思ったが、やはり長過ぎた。「寝室の方から」を収録するべきだったのかもしれない。

父の葬儀のとき、入院してそこにいなかった母を、平常心を失っていた私は、「亡き母」と呼んでしまった。一生の不覚。

もうひとつのこぶとり爺さんの話

こぶとり爺さんは救いのない昔話だ

良いお爺さんの頬のこぶは
貴重品として鬼が預かったのだが
そのこぶは人違いから
悪いお爺さんの頬に渡ってしまった
こぶの数を増減させる技は
鬼だけが持つ特殊なものだ
最初のうちは邪魔なこぶが消えて
清々したと思っていたが
あのこぶがないとあの面白い踊りは
もう二度と演じることができないのだ
良いお爺さんはこれから

一生退屈しながら余生を送るのだ

悪いお爺さんは罰として
二個目のこぶを与えられた
悪い爺さんの困った性格は
邪魔な頬のこぶから生じた
コンプレックスによるものだった
こぶが二倍になったら
性格も二倍困ったものになる
意地悪の才能も二倍になる
近所の人々も二倍苦しむことになる
悪いお爺さんはこれから
二倍生き生きして時を過ごすのだ

これは反対にしよう
そのほうが絶対にいい

最初に悪いお爺さんが
鬼の宴会に紛れ込み
勝手に飲み食いして泥酔する
「ただ酒は飲まない」と騒いで
下手な踊りを披露する
「もったいない　宝の持ち腐れだ
おまえはこのこぶの特性を
生かしていないようだな」
鬼は罰としてこぶを没収した
コンプレックスが消えて
悪いお爺さんの性格が良くなる
日頃苛められていた近所の人々は
そのことを知って
これまでの仕返しを始める
元悪いお爺さんは何をされても

性格が良くなったので反撃できない
地獄の日々が続くことになる

「下手な踊りを見せれば
こぶを取ってもらえるぞ」
元悪いお爺さんから
アドバイスされていたのだが
手を抜くということを知らないので
良いお爺さんは面白く踊ってしまう
「素晴らしい芸だったぞ
昨日奪った宝をおまえにやろう」
鬼は悪いお爺さんから没収したこぶを
良いお爺さんの頬に付けてくれた
二個となったこぶの効果で
踊りは二倍面白くなった
良いお爺さんは活動を始めた

鬼の宴会だけではなく
祭りとかお城とかお座敷とか
いろんな場所に出掛けていった
そして日本一の芸人になった

Ⅲ

久遠から聞こえる

寂しい街道は
森を抜けて曲がりくねっていた
先を急ぐ勇者の端くれが
満月の真夜中に通り掛かった
澄んだ琴の音が
遠くから聞こえてきた
暫く歩みを止めて演奏に聞き惚れる

街に到着して
酒場で話を聞いてみる
「琴を巧みに爪弾く美しい娘が
盗賊の頭に攫われて
炭焼小屋に幽閉されているらしい」

「いや　閉じ込めたのは娘の父親だ
溺愛して嫁に出すのを拒んだのだ」
「娘は既に結婚している
嫉妬深い乱暴者の旦那に
山奥の屋敷に連れて行かれたのだ」
「娘は怪しい隠れ里に迷い込んだ
首領は娘が披露した琴の虜になった
娘は巫女に祭り上げられ戻れない」
誰もが娘のことを知っていたが
話の内容は一致しなかった

数ヶ月後の帰り道
明るい時間にその場所を通る
男の耳に旋律が飛び込んでくる
魅惑的な娘の謎を解くことにする
琴の音の方向を目指して

鬱蒼とした森に分け入る

真っ直ぐに歩いたはずなのだが
まだ音源には到達しない
琴の調べが伝わる限界の距離は
疾うに越えていた
時々音が変異して低くなる
琴の娘が遠ざかっているのか
まだ公式にはその現象は
発見されていなかったのだが
意味は直感で理解できていた

揺らぐ琴の響きに導かれて
男はようやく開けた場所に出た
小屋を見付けて中に入る
琴に向かう女の姿があった

十指を静止させた奏者は
痩せこけた白髪の老女だった

「すみません　人違いでした」
夢破れた男は退出しようとする
「いや　ここで間違いはない
少しだけ遅かっただけじゃ」
女の答に男は迷路の仕組みを知る
「時間までも惑わす森なのか
それならばまだ望みはある
機会を改めて探してみよう
若い貴女に出遭えるかもしれぬ」
「楽しみにしておるぞ
この前ここに来た貴公は
よぼよぼの爺さんじゃった」

どの噂が本当なのかは藪の中
本人も遠い過去は忘れていた
私に興味を失い女は演奏に戻る
琴の音を背にして街道に向かう

時空を掻き乱す妖しい調べ
琴と森の法則を解明できれば
もっと魅力的な彼女に
出遭えるのだろうか
仕組が分からなくても
私は強運を頼りに山道を彷徨い
娘を捜索することになるだろう

弦の振動　光年の歩み
暫し遠い銀河のように離れていく

夜の鬼　昼の鬼

夜遅く家路を急ぐ
風が冷たい
車も人も通らない
私は少し警戒する
上り坂の歩道で
一匹の鬼に遭遇した
角は二本
輪郭だけで
色は分からない
緑の目だけが輝いている
同じ夜行性の生物として
威嚇し牽制しているのか
対峙したのはほんの一瞬

鬼が跳び
道路を横断した

数日後の昼
洪水調整池の堤に設けられた
舗装道路を通る
自動車やバイクは
通行止めになっている
近くでは
『県営アパート』と言う名の
団地の九号棟が
取り壊されていた
七階建ての大きな建物だ

二匹の赤鬼が
路上でじゃれ合っていた

私が接近すると
頭髪が白い一匹は
その場にとどまったが
黒い髪の一匹は
私に走り寄って微笑み
「ばお」と鳴いた
あの夜の鬼ではないようだ

帰りにも
同じ場所を通った
青鬼が道を横切った
欠伸をしながら
悠然と林の奥に歩み去る
この鬼も角が二本
確信は持てないが
あの夜出会ったのは

この鬼なのかもしれない
今は平穏な昼
お互いに無視するだけだ

数日後に行くと
『公園が汚れるので
鬼に餌をやらないでください』
という立て札が出ていた
豆以外なら何でも食べるようだ
初対面の緑の鬼を含めて
道と調整池の間の斜面の芝に
角が二本の
四匹の鬼が散らばり
日向ぼっこをしていた
皆同じに見える
どれがあのときの鬼なのか

また分からなくなった

人が寄り付かない水辺公園は
調整池の反対側にある
珍しく男がいて
ゴルフのクラブを振っていた

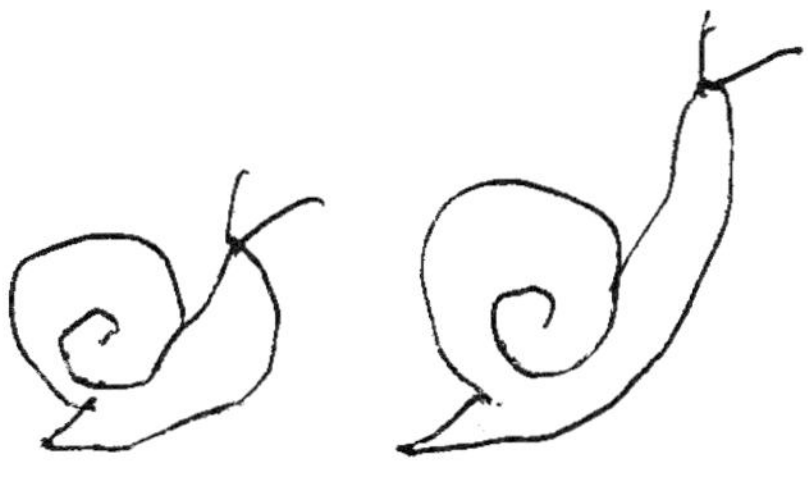

北風と太陽

冬の寒い日
『北風』と『太陽』が対決した
どちらが先に
『旅人』のコートを
脱がせることができるのか

先手の『北風』は吹き荒び
『旅人』のコートを
力任せに引き剝がそうとした
『旅人』は抵抗して
必死にコートを押さえた
『北風』の手番は時間切れになった

後手の『太陽』は
放射熱で『旅人』を穏やかに温めた
『旅人』はコートを自発的に脱いで
『太陽』の勝利となった
優しさが強引さに勝つ
お話ではそういうことになっている

しかし勝負は時の運
勝者は理屈や筋書きだけで
決まってしまう訳ではない
すぐさま『北風』は
リベンジマッチを申込んだ
今度の『旅人』は少し非力だったので
『北風』の強引さが勝った

どちらかが一方的に勝ち続ける

というようなことにはならなかった
両者の意地がぶつかり合う定期戦は
地球の歴史と共に続いていく
人間が風力発電や
太陽光発電を発明すると
戦いはさらにエスカレートすることになる

『北風』の代表が説明する
「確かに我々のチーム名は『北風』だが
方位によって風を差別するものではない」
センターフォワードに
『南風』を起用すると
『北風』の勝率は跳ね上がった

さらに『北風』は
バックスが『雲』を運んできて

『太陽』の光を遮る戦術を編み出す
「これは反則ではないのか」
と『太陽』が抗議したが
「今まで昼過ぎに対決を行ってきましたが
ゲームの開始時間はランダムにしませんか」
と『北風』が反撃してくる
控え選手の二軍チーム
『朝日』と『夕陽』は頼りにならない
ナイトゲームになれば不戦敗だ
『太陽』は黙るしかなかった

また冬が来た
『北風』と『太陽』の開幕戦
ターゲットの『旅人』が近付いてきた
今回の『旅人』は五人いた
『旅人』が単独だと

先攻が圧倒的有利になるので
ルールが変更されて
集団を選ぶことになったためだ
コートを脱がせた人数ではなく
最後の一人を脱がせた方が勝ちとなる

「私も参加させてもらおう」
試合場に乱入してきたのは
『ウラン鉱石の塊』だった
「『旅人』のコートを脱がせるのは
私の原子の力を使えば雑作もないことだ」
『ウラン』は危険な目をして嘯いた

脅威を感じた『北風』は
すぐさま『太陽』に共闘を提案するが
『太陽』は少しも動揺していない

なぜなら『太陽』は
この場では『北風』と同格になっているが
正体は巨大な天然の核融合炉
『ウラン』の原子炉のエネルギーなど
問題にしていない

『旅人』達は三つの存在が
近くで揉めているのに気付いた
その思考が
頭の中に流れ込んでくる

「どうすればいいのだろう」
『旅人』達は議論を始めた
「環境を守るために
エネルギーの消費は少なくして

再生可能エネルギーで
すべてを賄うべきだ」
「やはりエネルギーは必要だ
十分な安全性を確保して
必要な数だけ原子炉を稼働させるべきた」
「太陽に近くまで出向いて行って
膨大なエネルギーを効率良く獲得する
何かそんな方法を開発するべきだ」

『旅人』達の議論は終らない
暑くなって全員コートを脱いだ

銭湯の壁の絵

今年はいつもより早く
寒波が襲来した
頃合い悪く家の風呂が壊れたので
『星の湯』を利用することにした
脱衣場には中島みゆきの
『地上の星』が流れていた
浴場に入って見上げる
壁の富士山の絵が
別なものに描き直されていた
以前描かれていたのは
平凡で写実的な絵だった
それが色褪せて
さらに地味になっていたのを

なんとなく覚えている

「素晴らしい
圧倒的なエネルギーを感じます
まるで生き物のような赤富士ですね
世界遺産になったことを記念して
リニューアルしたんですか」
風呂から出た私は
コーヒー牛乳を飲みながら
先代の円楽そっくりな主人に
新しい絵の感想を述べた

「あんたもか
大人はみんな間違えるんだ
良く見てください
あれは富士山ではありません

真っ赤な鱗のウワバミの絵です
中には孫悟空が呑み込まれていて
如意棒を伸ばして
大蛇の皮を突っ張らせているところです
最近岩波文庫で新訳を読んだ
西遊記第七十三回のエピソードです」
番台に座った面長の男が答えた
私は首を傾げながら家に帰った

一週間後
自宅の風呂は直っていたけれど
もう一度あの絵が見たくなり
『星の湯』に足を運んだ
主人のぼやきは不可解だ
あれは間違いなく富士山の絵だ

入浴料を番台に置く
主人は私のことを覚えていた
「いらっしゃい
あの絵だけれどね
評判は悪くなかったけれど
富士山の絵と間違えられないように
描き直してもらいましたよ
作品二号は腹の中の様子が
図解してあるから
真っ赤なウワバミの絵だと
理解してもらえるでしょう」

不安を感じながら
私は服を脱いで浴場に入った
絵は透視図になっていた
前の絵と同じレベルで

丁寧には描かれているが
痩せたソクラテスのような猿が
赤いテントを張って
キャンプをしているようにしか
見えなかった
「寒い」

結城紬　ふたつの街

諦め切れぬ　想いを胸に
北へと向かって　小山の駅に
鉄路乗り換え　東か西か
結城身に着け　佇む女
日光連山　心静める
桑と絹の里　月は朧に
糸を紡いで　織り込む模様
鬼怒川のみなも　情けを揺らす
あふれる涙　遠く海へと

新たな夢は　まだ繭の中
茨城結城と　栃木の小山
結城紬は　ふたつの街に

着物装い　はしゃいだ女
軽い足取り　蔵町を行く
結城の城跡　筑波を望む
時を紡いで　織り込む願い
思い川のほとり　桜咲いている
ほころぶ笑顔　遥か未来に

結城市に来て駅前通りを歩いていたら
商工会議所前面に
祝　結城市小山市友好都市盟約締結
という幕が掲げられていた
やはり産地が栃木と茨城に分断されている
結城紬がもたらした動きなのだろうか
ユネスコ無形文化遺産の申請も
小山サイドで行ったようだ
――ということでこんなものを作詞してみた

ここは遊園地があったところ

小山ゆうえんボードウォーク
シネコンもあって
にぎやかなショッピングモール

中庭にあるメリーゴーランド
鞍と馬車に数人のお客を乗せて
ベルが鳴りゆっくりと回り始める
遊園地だったころのことを
子供達は知らない

むかし両親と
バスに乗りこの場所に来た
モノクロ写真の思い出

籠に閉じ込められ　観覧車が回る
吊り下げられて　飛行機が回る

遺されたものは少ない
大きな赤いコーヒーカップ
ソーサーから下ろされて
ベンチ代わりに
歩道に置かれている

最後に小山遊園地に来たのは
高校のクラス合宿のとき
ジェットコースターに
乗った記憶はあるが
あの人のことが気になって
他のことは覚えていない

時を越えたコーヒーカップ
地球のプレートに乗っかって
いつまでも休まずに回る

さっさと片付けろ

すぐに取り掛かれば
容易に終わってしまう
朝飯前の仕事
それなのにぐずぐずと
一日延ばしにしてしまう
「まだ風は吹いていない」

失敗することを
漠然と恐れている
今から始めれば
厄介なことになっても
やり直す時間は
十分にあるはずなのだが

道理は分かっていても
なんとなく気が乗らない
「少し体調が悪い
休もう　無理は禁物だ」
ずるずると引き伸ばし
自分を追い詰めていく

意識する自分が
自分のすべてではない
「スピードが上がらない
誰かに妨害されている」
ブレーキを踏んでいるのは
陰に隠れた自分自身

余裕がなくなって
あたふたすることになる

「これが背水の陣
この展開は　予定通り」
言い訳にしか聞こえない
凪は吹いているが　嵐

誕生日にプレゼントをする

花束を贈った
「綺麗だけれど
切り摘まれて
息も絶え絶えの状態
食べ物なら
亡骸になっていても
必要悪として
許せるんだけれど」

お菓子を贈った
「私に餌付けをして
どうするつもりなの
私は代謝がいいから

胃袋に詰め込んでも
あなたの好みの
ぽっちゃりにはなりません」

宝石を贈った
「こんな高価なものは
扱いに困ります
私は平凡な猫なんです
身につけた小判に負けて
色褪せてしまいます」

品物の力は
借りないことにして
愛を贈ることにした
「少しだけ迷ったけど
燃えない方に分別しました

逃げ道を捜したり
護身術を習ったり
暇潰しにはなりました」

うそ

嘘嘘嘘
嘘嘘嘘嘘嘘
雲のように湧いて
蜘蛛の子のように散っていく

おれおれ
ちょっと困ったことがあってさ
援けてもらいたいんだ
ああそうだよ
惚けてはいなかったんだ
ちゃんと覚えてくれてたんだ
おれ大蔵省に勤めているんだけれど
違うよ　それは

そのときの総理大臣が
気紛れで決めた名前
こちらでは誰も
財務省なんて名前は使っていないよ
愛着のある大蔵省と呼んでいるんだ
それで今　国家の財政が厳しいんだ
破綻したら国民が大変なことになる
責任者としておれたちは死刑になるだろう
それで年金を貰っている人から
一人三百万円ずつ集めることになったんだ
振り込んでくれるかな
そう　テレビのニュースでは伝えていない
新聞にも書いてないよ
国家の弱点を
他の国に知られたくないだろう
国会の秘密会議で決まったんだ

だから誰にも秘密にして
今から言う秘密口座に
三百万円を振り込んでもらいたいんだ
いやそれは似ているけど関係ない
実の息子より
消費者センターを信じるのか
確かにおれおれ詐欺は犯罪だけど
その経済波及効果は計り知れないよ
貯えられて死んでいた金が回れば
景気が良くなってみんなが潤うだろ
払った年金は回収しなければならない
政府もようやく気が付いたんだ
と言うことで協力してもらえないかな

そうだな　私は資産家だから
有り余る財産に執着はない

騙すなら鮮やかに騙してくれ
見事な嘘には褒美として金を払ってもいい
ただしその報酬を受け取るためには
詐欺ゲームのプレイヤーとして
参加者名簿に登録しないといけない
事務手数料として十万円を払い込みなさい

参ったな　さすがはおれの親だ
金持ちなので心が捻じれているね
おれが死刑になったらあんたの所為だ
否　そういう内輪のリンチじゃない
不合格って何だよ
本当にあんたは実の親なのか
仕方がない時間の無駄だ
親なんていくらでもいるんだ
百人ぐらいに電話すれば

本当の親も見付かるだろう
時の流れは永遠の真実
振り落とされそうになって泳ぐ
「スタップ細胞はあります」
刹那の観念に人は生きる

金の桃　銀の桃

むかしむかし
お婆さんが川で洗濯をしていると
上流からどんぶらこと
金の桃と銀の桃が流れてきた
「これは試されているに違いない
欲張らずに涼しい顔で見送れば
後から普通の桃が流れてくる
拾えば女神様が現れるはず」

しかし次に流れてきたのは
真っ赤な桃と真っ青な桃だった
「残念　正解の桃色の桃は

先に拾われてしまったらしい
赤と青の桃には邪気を感じる
鬼の子が入っているのかも」
山っ気のないお婆さんは
原色の桃も用心して見送る

続いて流れてきたのは
象牙色の桃と乳白色の桃だった
「ふたつともおいしそうだ」
どちらにするか迷っているうちに
流れが急加速して見えなくなった
「両方拾ってから
ゆっくり考えるべきだった」

「これで終わりなのか」
もう桃は流れてこなかった

洗濯も終わったので
お婆さんは家に帰ることにした
立ち上がると腹が重い
どうやら子宝を授かったようだ
「やはり試されていたらしい」
少しは若返っているのか
お爺さんとの仲もこれまでか
川上から夏みかんが流れてきた

御手杵の槍のうた

結城蔵美術館には
天下三名槍のひとつ
御手杵の槍が飾られている

あとのふたつは……
黒田家に伝わる日本丸が
その一つだと記憶している
日の本一の槍として
筑前黒田藩の武士達の愛唱歌
黒田節にも登場する槍だ

三つ目が何か私は知らない

何かで読んだかもしれないが
忘れてしまっている
おそらく日本人の多くが
認知しているのは
黒田家の槍だけだろう

御手杵の槍の
知名度を上げるために
黒田節に対抗する
結城節を作って
普及させるべきだろう
試しに作詞してみる

餅《もち》を搗《つ》くなら　御手杵《おてきね》で
匠《たくみ》が鍛《きた》えた　鬼怒《きぬ》の槍《やり》

納《おさ》める鞘《さや》で　搗《つ》き上《あ》げる
筑波《つくば》に月呼《つきよ》ぶ　結城節《ゆうきぶし》

飲《の》んだら突《つ》くな　長柄槍《ながえやり》
杜氏《とうじ》が造《つく》った　蔵《くら》の酒《さけ》
紬《つむぎ》の里《さと》で　杯《さかずき》を
桜《さくら》に望月《もちづき》　結城節《ゆうきぶし》

曲はとりあえず黒田節を使うが
オリジナルが欲しい
四百年ぐらい前からある歌だと
説明して誰かを騙そうか

結城蔵美術館

結城蔵美術館に行く
見世蔵を改造した
小さな美術館だ

本蔵の一階には
主に地元の作家の作品が
月替わりで展示されている
本蔵の二階は
展示には使われていない

袖蔵の一階には
結城に大本営を置いて

明治四十年に行われた
関東大演習の資料が
展示されている

明治三十七年に始まった
日露戦争で苦戦し
大損害を受けた日本陸軍
深い傷を癒やして
新しい兵を訓練したのだろう

今では跡形もないが
私が小学生だった頃は
明治天皇が逗留した御座所が
結城小学校の構内に
保存されていた

階段で袖蔵の二階に上る
ここには結城家の家宝
天下三名槍の一つ
御手杵の槍が展示されている
ただし本物は
東京大空襲で焼失しているので
これは最近復元されたレプリカだ

ガラスの向こう側
当主の肖像画の前に
切っ先を煌めかせて
水平に横たわる長柄槍
権威の象徴は
ここ結城市を守る
迎撃ミサイルのようにも見える

手杵の形をした鞘は
槍本体から離されて
別のガラスケースの中に
縦に置かれている
要するに臨戦態勢だ

小惑星や核ミサイルが
関東平野に飛来したとき
槍に秘められたパワーが
空域に解き放たれる
災厄は迎撃できるのだろうか

窓猫

眠いよ眠い
ひるのねこ
窓辺に向かう
ねむいねこ

銀色ガラスに
すいこまれ
眠気を残して
きえるねこ

眠るよ眠る
ひまなねこ

窓辺に転げ
ねむるねこ

波打つガラスに
のみこまれ
眠りを残して
きえるねこ

なお君と手をつなぐ

宇都宮市の外れの養護学校
日光に続く杉並木が近い
今は特別支援学校に名を変えている

小学部の教室で初対面の日
なお君が私に近づき手をつなぐ
どこが気に入ったのか

次の日から
スクールバスから降りたなお君は
すぐに私を見つけて手をつなぐ
スクールバスに乗るまで手をつなぐ

ひで君はパズルに夢中だけど
ゆう君は身振りで話すけれど
とし君は笑顔で反応するけれど
なお君は私と手をつなぐ

乱暴につかまれることはない
なお君の右腕は
自然に私の左腕にからまり
しっかりと手先を握られる
小さく飛び跳ねながら手をつなぐ
小さく唸りながら手をつなぐ

着替え食事排泄は問題ないが
動作は飄々としていて
荒れることは絶対にないが

ボールには興味を示さない
絵本にも興味を示さない
楽器にも興味を示さない
同級生にも興味を示さない
なお君は私と手をつなぐ
えいこ先生とはつながない

未熟な私は何も教えられなかった
なお君は何も教えてくれなかった

少しは私を扱き使え
少しは私を困らせろ
私の役目が変わるまでの二年間
他は求めないなお君は私と手をつなぐ
他は与えない私はなお君と手をつなぐ

結城を歩き探すもの

結城では日立より先に
桜が咲いているらしい
今日は少し早目に行って
街を歩くことにする

初めに駅に近い
旧田村家の敷地に向かう
土地を売って一年三か月
新しい土が運ばれて
土台が固められている
ようやく家が建つようだ

奥で隣接する小さな公園
境界のトタン塀が撤去されていた
敷地の前の路地は一方通行で
出て行く方の道幅は狭い
土を運んだトラックが
裏へ抜ける道を確保したのだ

公園に植えられた
四本のソメイヨシノ
そのうち二本は塀を越えて
田村家の敷地に枝を伸ばしていた
特にクレームは付けなかったので
日当たりのいい駐車場に
枝を伸ばして
地表付近まで占領した一本は
特に見事な花を咲かせていた

公園に回って
桜の木を調べてみる
太い枝三本が
根本で切られていた
隣の木も
枝一本が切られていた
桜の木にとっては
田村家が土地を売却したのは
迷惑なことだったに違いない

落とされた枝は最小限だ
まだ大量の花が越境している
伸び放題の髪を
散髪したというところか
さっぱり整えて

イメージチェンジした姿も
これはこれで悪くない

北東に向かい
城跡公園に行くことにする
駅前通りを渡り
健田須賀神社から
公民館の広場を抜ける
昔警察所だったところにある
大町交番の前を通過して
結城小学校前の桜を鑑賞し
さらに前進する

徳川埋蔵金が埋まっていると聞く
三日月橋を越える
金額の数字を読み上げる

女性の声が聞こえてきた
城跡公園に隣接する
総敏神社の境内で
子供会の総会が開かれていた

ゆっくり公園を一周する
百五十本の桜はまだ若い木だ
採石が厚く詰まれた通路は
かなり歩き辛い
皆それ以外のところを歩いている
公園に隣接した店には
『花より団子』と書いた紙が
掲げられている
『さくら祭り』ということで
公園の中央には
屋台が三つ並んでいた

声が聞こえなくなったので
総会が終わったのだと
思っていたら
帰るときに様子をうかがうと
収入と支出の数字が食い違い
会は紛糾していた
準備された弁当はまだ配られない

城跡の桜は物足りなかったので
弘経寺に向かうことにする

半月後のニュース
大町交番で若い巡査が
拳銃で自殺したと報じられた

私家版詩集より掲載リスト

Ⓢ　初期詩集　『視界／ＰＯＩＮＴ・Ａ』
　1972年～1990年頃に執筆　初期の詩集を合本
　全44篇から「手のあるコメット」「時間機械」「視界」「ＰＯＩＮＴ・Ｂ」「ＰＯＩＮＴ・Ｗ」を収録

①　詩集　『壊れるということ』
　2006年～2009年11月に執筆
　全38篇から「空　洞」「大田原さんの死」「壊れるということ」「祈りの前にすること」「第二次結城合戦」「思い出した名前・２」を収録

Ⓝ　入院詩集　『繭の中から』
　2009年12月～2010年２月に執筆
　全52篇から「アトムの足跡」「下館一高の昼」「繭の中から」「こんなのしか書けないぞ」を収録

②　詩集　『酸素は足りているのか』
　2010年３月～2011年６月に執筆
　全45篇から「酸素は足りているのか」「さっさと食べてしまえばいいのに」「その時私はブック・オフにいた」を収録

③　詩集　『眠れないとき』
　2011年７月～2012年３月に執筆
　全46篇から「眠れないとき」「セットアップ」「茨城発３・11と私の詩」を収録

④　詩集　『海を縫う』

2012年４月～2013年６月に執筆

全38篇から「海を縫う」「忘れるということ」「母は飛んで行ってしまった」「もうひとつのこぶとり爺さんの話」を収録

⑤　詩集　『久遠から聞こえる』

2013年７月～2014年３月に執筆

全32篇から「久遠から聞こえる」「夜の鬼　昼の鬼」「北風と太陽」を収録

⑥　詩集　『木と花が教えてくれる』

2014年４月～2014年12月に執筆

全39篇から「銭湯の壁の絵」「結城紬　ふたつの街」「ここは遊園地があったところ」を収録

⑦　詩集　『誕生日にプレゼントをする』

2015年１月～2015年10月に執筆

全44篇から「さっさと片付けろ」「誕生日にプレゼントをする」「うそ」「金の桃　銀の桃」を収録

⑧　詩集　『永遠を捕らえる』

2015年11月～2016年７月に執筆

全42篇から「結城蔵美術館」「お手杵の槍のうた」「なお君と手をつなぐ」「窓　猫」「結城を歩き探すもの」を収録

あとがき

文治堂書店から、初校が送られてきました。それに向き合う自分が受け身の弱腰モードになっていることに気付きました。誤字脱字を気にせずに、勢いだけで詩を書き上げる燃焼モードになっていないと、とりあえずあとがきも書けません。

私が何かを始めようとすると、必ず直接的に、間接的に、大小の事件が起こります。この詩集を出すにあたっても、すでに二つの事件が起こっています。単なる確率の問題として片付けるべきなのか、たった一回の人生の驚異として考えるべきなのか、正解は分かりません。

四百二十篇の私の詩の中から、完成度より印象度を考慮して抜き出し、「田村勝久・新撰詩集」としました。完璧を目指して無難にまとまった作品よりも、可能性のある雑多な作品を優先するということです。しかし、あれもこれもと考えると、とりあえずどれを選んでも間違いではないため、収拾するのに苦労しました。

まずは、私に詩の書き方を教えてくれた、東京理科大学I部文芸部の眞平誠氏（ペンネーム）に感謝します。彼は優雅な文系の学生として行動し、時間に追われる理系であるという自覚が、完全に欠如していました。気が向いたときには、本名に戻って、講義や実験に顔を出していましたが……。

新川和江先生は、目標を見失っていた私を、二十数年ぶりに詩の世界に引き戻してくださいました。以来、茨城県結城市のゆうき図書館で毎月開かれている「センダンの木の集い」に参加し、私は会の常連として、丁寧なご指導をいただいています。茨城新聞の詩壇の選者、武子和幸先生、橋浦洋志先生には、投稿作品についての御指導をいただきました。

東京理科大学の先輩、勝畑耕一氏、曽我貢誠氏には、この詩集を出版するにあたって大変お世話になりました。

二〇一六年十二月　　　　　　　　　　田村　勝久

著者略歴

田村勝久（たむら　かつひさ）
1956年、茨城県結城市に生まれる
結城市立結城小学校卒業
結城市立結城中学校卒業
茨城県立下館第一高等学校卒業
東京理科大学理学部化学科卒業

参加詩誌

「センダンの木の集い」所属
「茨城詩人協会」会員
「茨城詩壇研究会」会員（詩誌「シーラカンス」）
「結城文學の会」会員

現住所

〒３１６－００２１
茨城県日立市台原町１－１０－３
電話　0294－35－4862
携帯　080－6661－1309

詩集　結城を歩き探すもの

2017年１月29日　初版
　　　10月８日　二刷

著　者　田村　勝久
編集者　曽我　貢誠
発行者　勝畑　耕一

発 行 所　文治堂書店
〒167-0021　杉並区井草2-24-15
E-mail：bunchi@pop06.odn.ne.jp
URL：http://www.bunchi.net/
郵便振替　00180-6-116656
印刷・製本　北日本印刷株式会社
〒930-2201　富山市草島134-10
TEL　076（435）9224（代）
ISBN　978-4-938364-298